AF279697

DE SEMILLAS A PÁJAROS

RUT QUINTANA SANTANA

DE SEMILLAS A PÁJAROS

EXLIBRIC

ANTEQUERA 2024

RUT QUINTANA SANTANA

DE SEMILLAS A PÁJAROS

Drenta

Golby era un joven de 21 años, de piernas muy largas y, extrañamente, manos cortas, cabello pelirrojo enmarañado y de complexión corpulenta, nacido en el pueblo de Antorcha, en Meriland.

Como cada mañana, Golby se levantaba temprano para ir a pasear a las cabras, darle de comer a los animales, regar los árboles y cuidar de su abuela Drenta. Ella tenía una enfermedad que hacía que las personas vivieran en el futuro y no pudieran llevar a cabo el día a día de manera usual.

En el futuro era donde precisamente él quería estar. Toda la vida se lo había tachado de inútil, de poco cualificado o dotado de arte. ¿Cuándo llegaría su momento de hacer algo para la sociedad que fuera valioso, además de pasear a las cabras y cuidar de sus árboles y plantas?

Drenta tenía el cabello marrón, sin apenas canas, y era algo panzuda, con nariz redonda, bonachona y ojos algo saltones. Le gustaban mucho los dulces, sobre todo los trumplins, unos dulces rellenos de dante, una crema a base de jugo de guayaba.

Drenta sabía exactamente lo que iba a pasar la próxima semana, pero no se acordaba de lo que debía hacer en ese momento, porque ya lo había vivido la semana anterior, y así sucesivamente. Era una enfermedad que había tenido desde pequeña, pero con los años se había acentuado: cada vez veía más y más en el tiempo y su presente se situaba más lejos. Si quería comer, pensaba que ya comería dentro de tres o cuatro horas; si quería dormir, pensaba que ya dormiría en cinco o seis días, y así para todo. De modo que Golby tenía que cuidar de ella, darle de comer cuando le tocaba o indicarle que comiera cuando era el momento. De ese modo iban pasando los días, los meses y los años.

Por lo demás, la vida de Golby transcurría sin muchos contratiempos. Amaba su vida, sus animales y su hermosa casa situada en las alturas, donde solo las cabras se atrevían a subir y los árboles eran capaces de crecer de manera desmesurada. En el barranco de Antorcha, donde Golby vivía, crecían los aguacates, los mangos y los plátanos: todo lo necesario para sobrevivir. No obstante, Golby sentía que le hacía falta algo más en su vida, confiar más en sí mismo. Necesitaba un punto de motivación, algo que le hiciera levantarse todas las mañanas, además de su querida abuela.

Golby vivía a unos cincuenta kilómetros del pueblo más cercano. Al norte, tenía el pueblo de Katum; y al sur, la pequeña aldea de Toriad. Katum era un pueblo de pescadores, cerca de la costa, donde, a diario, decenas de hombres y mujeres se levantaban temprano para comenzar las tareas y labores propias de la pesca. Los hombres, en general, iban en sus barcazas a pescar, mientras que las mujeres se encargaban de quitarle las escamas al pescado y salarlo, así como de venderlo en el mercado del pueblo.

Golby iba aproximadamente una vez al mes a comprar pescado y otros enseres de los que no disponía, para ello, estaba siempre acompañado de su caballo Diemen y de su burro Tropen.

También solía visitar la aldea de Toriad, lugar muy conocido por el cultivo y venta de todo tipo de flores y semillas. Golby se hacía con tulipanes, orquídeas y girasoles que regalaba a la abuela Drenta (cada uno por supuesto según temporada). También solía adquirir plantas medicinales que Drenta usaba para sus ungüentos, como el pasote, la valeriana, la ruda o la yedra.

Una tarde, tras llegar del condado de Toriad con semillas, plantas medicinales y demás, halló en su mano una semilla que no supo identificar. La semilla era casi del tamaño de una lágrima y parecía desprender un brillo plateado.

Golby hizo crecer el árbol colocando la semilla en una pequeña hendidura que había entre dos piedras. El árbol creció hermoso y frondoso, enterrando sus raíces por debajo de las piedras y resultando un árbol de copa alta y espectacular.

El tiempo pasó y el árbol comenzó a dar su fruto. El fruto era naranja, ovalado y muy llamativo. Pero Golby, sin saber si era un fruto comestible, siguió dejándolo crecer.

Transcurrido un tiempo más, Golby conoció a una mujer. Toda una vida en soledad, cuidando de las cabras y de sus plantas y árboles, le había hecho un hombre sensible con el medio ambiente, pero algo insensible con las personas. Golby había pasado muchísimo tiempo cuidando de Drenta y de su pequeño terreno, y nunca había pensado en mujeres; para él, eso era algo que no encajaba con su vida. Pero cuando conoció a Pretty, no pudo evitar invitarla a dar un paseo y sentarse con él bajo la sombra del árbol conocido como orodino, mientras almorzaban un delicioso trumplin. En ese momento, se transportaron juntos a otro lugar más allá de lo que se podía ver, oír y leer. De forma que, allí en su regazo, hicieron el amor. Luego, Golby le susurró canciones del condado mientras Pretty se quedaba dormida.

Golby y Pretty tuvieron un hijo: el pequeño Dónovan, el cual nació muerto. Los chamanes del poblado de Antorcha no pudieron hacer nada para salvarlo. Después de eso, lo volvieron a intentar, pero no hubo manera. El árbol sí había dado su fruto, pero su mujer no volvió a fecundar.

Drenta, ya mayor, también siguió creando sus ungüentos para ver si podía hacer crecer un hijo en el vientre de Pretty, pero, cansada por la edad y sin haber podido tener un nieto al que cuidar, además de las cabras y los árboles de Golby, le pidió un favor antes de morir:

—Este fruto llegado de tierras lejanas será nuestra bendición, no solo nos provee de sombra para poder meditar, sino que seguramente tienen muchas propiedades. He estado investigando y creo que viene de tierras extrañas, tierras donde la sabiduría y la prosperidad han llegado antes que aquí. Tengo, y he tenido durante mucho tiempo, la sensación de que este fruto jugará un papel importante en vuestro futuro y en el futuro de la aldea. Plantadlo, cuidadlo y os traerá prosperidad.

»¡Dame una orodina antes de morir! Igualmente la vida se me va, tengo la impresión de que esta noche será la última, así que por qué no probarlo.

—Abuela Drenta —dijo Golby—, si quieres probar el fruto, serás tú quien lo coja. Yo no pienso colaborar en esto, no me parece bien y no estoy de acuerdo.

—Así es —dijo Drenta—, después de todo lo que he hecho por ti y todo lo que te he cuidado, no vas a cumplir mi último deseo.

—Lo siento, abuela Drenta, pero si quieres coger los frutos, tendrás que hacerlo por ti misma —repitió—. Lo cual dudo que logres, puesto que están a una altura considerable y tu estado de salud no es muy bueno.

Pretty, que estaba escuchando la conversación, no dijo nada, quedó pensativa y en la noche se despertó y, sigilosamente, se acercó al árbol, trepó por el tronco hasta llegar a las ramas y, una vez en la copa, cogió una orodina. Se dirigió hacia la casa y dejó el fruto sobre un bol que había colocado junto a la mesa de noche de su suegra.

A la mañana siguiente, Drenta se levantó a primera hora como de costumbre, vio el fruto y sin pensárselo dos veces le dio un bocado. En ese momento, se sintió algo mareada, estuvo lloviendo la noche anterior, así que no había podido dormir bien.

Comenzó a sentirse mejor, su mente empezó a curarse y dejó de vivir en el futuro. Sabía perfectamente la hora que era, a qué hora debía comer, alimentar a los animales o irse a la cama.

Golby estaba contento, su abuela se había curado. No sabía muy bien cómo o qué la había curado, pero así era. Desde entonces vivió en el presente por muchos años más, y, antes de morir, pidió otro último deseo a su nieto Golby, que prometió cumplirlo esta vez.

De este modo, Golby partió una mañana, despidiéndose de Pretty y dejando atrás todo lo que amaba para cumplir con el último deseo de Dentra: esparcir la fruta de la orodina. Parecía que la orodina había curado a Drenta, así que ¿por qué no distribuirla y hacer una buena obra.

La vida de Pretty

Una vez que Golby se había marchado, Pretty rompió a llorar desesperada.

—¿Por qué la orodina ha llegado a nuestra vida? Es verdad que Golby se ha marchado por una buena causa. La orodina parece curar a la gente y sería muy egoísta de nuestra parte quedarnos con el fruto y el secreto para nosotros solos —comentaba Pretty—. ¿Cuántos días lo esperaré? ¿Quizás treinta? ¿Quizás sesenta? ¿Quizás noventa? ¿Quizás toda mi vida?

Mientras tanto, se dedicó a las tareas del hogar y en su tiempo libre hacía telares que colgaba cerca de la puerta de la entrada, para vender a los paseantes.

Su casa estaba en la cima de la montaña, pero no muy lejos de ella había un refugio para los montañeros que buscaban ir al condado de Romin.

Una mañana tocaron a la puerta. Era un hombre de cabello moreno y largo, y ojos marrones, llevaba una trenza e iba montado a caballo. Estaba acompañado por otros dos hombres: uno más pequeño, con el cabello rubio y los ojos verdes; y el otro con el cabello moreno y rizado, de ojos saltones y azules.

—Buenos días, señora —repuso.

—Buenas, señores, ¿en qué les puedo servir?

—Buscamos mantas para resguardarnos del frío de las montañas, ya que nos dirigimos hacia la cima y las temperaturas ahí son extremas.

—Tengo telares de la mejor calidad, hechos con pelo de alpaca.

»¿Ve mis manos? —y enseñándoles las manos— Están cansadas de tejer. Aquí tengo la vieja tejedora, está hecha con palos y cuerdas, pero no me ha fallado en los veinte años que llevo tejiendo. He conseguido comprar, junto con mi marido, material para hacer esta casa de madera, también hemos comprado animales que nos suministran comida y bebida para el día a día, como leche y queso.

»Dígame, extranjero, ¿qué me puede dar a cambio de uno de mis telares?

—Quiero dos de ellos y le daré a cambio una moneda de plata.

—¿Una moneda de plata? ¿Y qué haré yo con ella? En la cima donde yo vivo solo me topo con los transeúntes que van hacia Romin.

—Exacto —asintió el señor—, tal vez pueda salir de su cueva y comprarse unos zapatos nuevos.

En ese momento, los tres rieron y a ella se le subieron los colores.

—Perdón, ¿qué impertinencia es esa? No necesito unos zapatos nuevos, lo que quiero es que mi marido regrese.

—Si le puedo dar un consejo Señora, mejor vaya a la ciudad y busque a un buen hombre. Aquí solo se hará cada vez más vieja, sin ninguna esperanza.

—Idos y no volváis, no quiero vuestra moneda ni vuestros comentarios —espetó la señora refunfuñando.

El viaje de Golby

Hacía ya tres meses que Golby había cogido un mapa y trazado la ruta que quería hacer. Antorcha estaba situada al noroeste, así que se dirigió al sureste visitando todos los pueblos que estuvieran por el camino y regalando las semillas de orodina. Ya conocía los condados de Toriad y Diemen, así que cogería otra dirección.

Había pensado bien en cómo alimentarse durante el viaje, por eso llevaba una cabra, muchas orodinas y otros frutos. Las orodinas eran un tanto pesadas, pero, por suerte, su cabra las llevaba, además del más bello de los telares que había tejido su mujer.

La soledad del caminante se hacía a veces dura, pero él seguía caminando.

Iba vestido con ropa cómoda, zapatos de piel de cabra y ropa hecha con el telar que Pretty le había elaborado.

Además del mapa de ruta y una tiza de granito, llevaba un pequeño cuaderno de viaje. La vieja Drenta le había enseñado a escribir cuando él era muy pequeño.

Y así pasaban los días: por la mañana, bebía leche de cabra; por la tarde, comía una naranja, mangos u otros frutos de los que tenía, pero no quería probar la orodina. Aunque sabía que había curado a su abuela, no conocía bien qué otras muchas cualidades podía tener.

Después de una semana y media de viaje en soledad, le entró curiosidad por el sabor de la orodina. Así que, sin pensarlo más, comió una y enseguida empezó a sentirse mal: estaba confundido, como si su mente no le obedeciera y, de repente, sintió la necesidad de destruir todos los árboles que había en la zona y plantar solo orodina. Estaba como loco, no podía pensar en otra cosa, quería que todo el mundo probara el fruto y que en la tierra solo hubiera ese árbol. Pero, por otra parte, sentía que debía destruirlos.

Un campesino del pueblo de Nobody, a unos setenta y dos kilómetros de distancia de Antorcha, vio que algo en Golby no iba bien, que no actuaba con normalidad y que, quizás, necesitaba ayuda. Golby no se sentía bien: por un lado, parecía mareado; por el otro, se mostraba confundido, como si tuviera que coger todas las semillas de orodinas y plantarlas. De esta forma, cogía una semilla detrás de otra y las plantaba con las manos en una gran explanada a las afueras de Nobody. Además, destruía los árboles pequeños que encontraba por la zona para que solo la orodina creciera en sus inmediaciones.

Los dos forcejearon por tener las semillas que Golby llevaba en la mano. Tirson, el campesino, un hombre corpulento, algo rechoncho, de cabello corto y rubio, quiso aprovecharse de su fuerza para quedarse con las semillas.

Finalmente, las semillas y las orodinas cayeron al suelo. En ese momento, a Golby le comenzaron a salir raíces de los pies y ramas de las manos y, poco a poco, fue quedándose plantado en la tierra. Intentó zafarse, pero su propio cuerpo no le respondía, hasta que quedó completamente convertido en un árbol de orodina. Golby estaba atrapado, vivo pero dentro del árbol.

No podía creerlo, ¿cómo era posible que Drenta se hubiera curado y él había quedado convertido en árbol? ¿Acaso había hecho algo mal? ¿Acaso la habría mezclado con algún otro alimento? La verdad es que no lo tenía claro, pero lo que sí estaba claro es que ahora estaba convertido en un árbol y no sabía por cuánto tiempo.

Tirson

Tirson había conseguido arrebatarle las orodinas. Ahora tenía las semillas en su poder y podía hacer lo que creyera conveniente con ellas, quizás hacer crecer árboles y alimentar a su familia y seres queridos. Tirson se dirigió a casa y lo primero que hizo fue servirse una taza de té bien caliente, tumbarse sobre la mecedora, encender un puro y ponerse a pensar. No sabía qué es lo que le atraía, pero sentía la necesidad de plantarlos.

¿Qué le había pasado a ese hombre? Sin duda, alguien le habría echado algún tipo de maleficio. Sin poner mucha atención, empezó a pensar en cuestiones banales: ¿tendría su fruto un sabor dulce o agrio? Eso lo descubriría cuando el árbol creciera y floreciera. No quería probar a la primera un fruto desconocido que un extraño hombre había traído de vete a saber dónde.

El tiempo pasó y Tippy, su mujer, sintió la necesidad de probar la fruta de orodina. Pero justo cuando la probó empezó a sentir los efectos: sus manos comenzaron a hacerse pesadas; de pronto le costaba caminar; sus dedos se fueron haciendo más largos y, poco a poco, se fueron convirtiendo en ramas, de forma que el techo donde vivían se desquebrajó; el suelo de la cocina donde estaba se rompió, quedando agrietado por las raíces y el tronco en el que había quedado encerrada.

Tirson, que se encontraba en ese momento en el salón, donde solía sentarse a pensar, fue tan rápido como pudo a la cocina. No sabía qué había pasado, se asustó al no ver a su mujer. En su lugar había un árbol que ocupaba casi toda la cocina y el suelo estaba lleno de tejas y raíces por todas partes.

Debía de ser la orodina, pensó Tirson, pero ya se había encargado durante el tiempo que había pasado de distribuirla y hacer dinero con ella, vendiéndola a todos los comerciantes que pasaban por la zona. ¿Cómo iba a parar esta epidemia de árboles que tornaban personas? A Tirson le esperaban varias horas más de meditación y reflexión para dar con la solución.

El campesino volvió al árbol donde yacía el cuerpo de Golby y lloró durante siete días y seis noches. ¿Por qué había decidido pelear con ese hombre que apenas conocía? ¿Qué es lo que había logrado arrebatándole las dichosas orodinas? Ese hombre ya no existía. Por lo que pudo entender, de alguna extraña forma, esos frutos lograban hacer florecer una semilla en lo más profundo del ser de las personas, entre el corazón y el mediastino, y así crecían. Crecían a una velocidad insuperable, convirtiéndose en cuestión de minutos en árbol.

Su mujer se hallaba encadenada a vivir dentro de un árbol de por vida y él, de esta manera, tan cerca pero a la vez tan lejos, pudiendo sentirla, mirarla, tocarla, pero ya no era ella, solo se le parecía. Era una historia de dementes, no podía ser verdad. ¿Y si fuera una casualidad? ¿Y si fuera él el que estuviera relacionando los árboles y las orodinas con ese extraño y su mujer?

Quizás su mujer llegaría de un momento a otro refunfuñando que había tardado mucho en el mercado o que la vecina Synie, que vive tres casas más abajo, la había retenido como de costumbre, hablado sobre las novedades del pueblo, la situación de escasez de alimentos en Nobody o los enlaces matrimoniales del momento.

Después de haber llorado bajo el árbol, con las rodillas pegadas a las costillas hasta quedarse casi sin respiración, decidió centrarse y emprender un viaje mental para recuperar a su mujer. Solo podía hacer eso. Si conseguía comunicarse con el hombre convertido en árbol, con el que había luchado hace ya un tiempo para conseguir los frutos de orodina y por eso pensaba que podría ayudarle.

Ese hombre también había sido convertido en árbol o, por lo menos, esa fue la conclusión a la que él llegó después de una profunda meditación.

Tirson volvió a sentarse durante otros siete días, pero esta vez fueron siete noches, y, finalmente, tuvo una idea que aterrizó al instante en su mente. Debía averiguar de dónde venían esos frutos y por qué Golby los quería repartir, emprendiendo ese viaje. Para ello, pensó que necesitaba comunicarse de alguna manera con Golby o con su mujer, pero ¿cómo lo haría? Quizás creando una máquina que consiguiera comunicarse con los árboles y así lograr ponerse en contacto con uno de ellos.

A partir de este momento, Tirson se encargó de ir cada día al árbol donde vio a Golby e intentó hablar con él, pero nada ocurrió. No llegó ningún mensaje por parte del árbol de Golby, ninguna señal, nada, excepto el movimiento que hacían las hojas acariciadas por el viento.

Un día, como cualquier otro, se dirigió al árbol donde Golby había desaparecido. En un instante, sus ojos se abrieron más y más, puso más atención que nunca. El árbol parecía querer decirle algo Pero ¿qué? ¿Cómo? Qué difícil cuestión. Estaría volviéndose loco, se trataría de una tortuosa y larga pesadilla de la que parecía no poder escapar. La cuestión es que no hallaba solución alguna sobre la desaparición de su mujer y del extraño caminante Golby.

Al girar la cabeza, vio un bicuadrifoglio justo al pie del árbol que, por algún motivo, le llamaba la atención. Recordó cómo de pequeño rodaba por las colinas y se tumbaba en la hierba en busca de tréboles de cuatro hojas. Pero esto era un bicuadrifoglio, un doble trébol de cuatro hojas, o sea, ¡ocho! Pensó que le daría suerte, lo arrancó sin más y esa tarde volvió a su casa, convencido de que algo iba a cambiar. Algo le decía que iba por buen camino, por el camino de recuperar a su querida esposa y a ese extranjero que le trajo el infortunio.

Puso el bicuadrifoglio entre dos cristales y lo colocó en una cadena, guardándolo como un talismán. Por la noche, un extraño sueño inundó su mente: su mujer vestía un traje negro y su pelo enmarañado estaba lleno de ceniza, sus piernas eran más largas de lo habitual y sus brazos colgaban hasta las rodillas, sus manos eran largas y puntiagudas, y las venas sobresalían por todo su cuerpo, viendo, incluso, cómo la sangre fluía por ellas. Parecía querer decirle algo. Las lágrimas de Tippy comenzaron a caer sobre el árbol de Tippy, de forma que las ramas se enverde- cían y la ceniza caía por su cuerpo hasta llegar a las raíces. Estas se hacían más y más gruesas, rompían la tierra y la agrietaban, entrando en territorio desconocido. Sin previo aviso, una rama intentó atraparlo enredándose por el dedo gordo del pie y su corazón empezó a palpitar más fuerte, como si le presionara el corazón. En ese momento, se despertó.

El polvo del recuerdo

Al despertarse, una nube de polvo muy fina rodeaba su cara, era prácticamente imperceptible, incolora e inodora, pero un sexto sentido le decía que ahí había algo. La nube parecía no decir nada y decir todo al mismo tiempo. ¿Qué tipo de nube era esa? No era como las nubes que estaban en el aire y sobre las cuales revolotean los pájaros, tampoco era de esas nubes que dejaban caer la lluvia. Era una nube un tanto especial, como un polvo que producía cierto picor en la nariz. Nunca antes había visto nada igual. Fue a coger un bote para hacerse con un poco de esa nube vaporosa y con tan llamativas partículas. Pero, antes de que pudiera reaccionar, la nube lo rodeó por unos instantes y luego se desvaneció en el aire, trayéndole recuerdos de su mujer convertida en árbol.

El doctor Urbens

Ese día, Tirson corrió a visitar al doctor Urbens, amante de las plantas medicinales, ungüentos y brebajes. Le contó lo que había sucedido con el hombre extranjero y la desgracia que había llevado a su mujer a convertirse en árbol, incluso le habló de la extraña nube que lo rodeó.

—¿Qué llevas colgado? —preguntó Urbens con ojos saltones y cabeza calva.

—Es un bicuadrifoglio. Yo mismo le puse el nombre. Lo encontré junto al árbol donde estaba el extranjero al que robé las orodinas.

»Volví al árbol en busca de respuestas, pero lo único que encontré fue este bicuadrifoglio, así que decidí quedármelo y guardarlo como una especie de amuleto, aunque aún no sé si me traerá buena suerte o mala.

—Un bicuadrifoglio, orodinas, árboles que se tragan a los humanos todo esto me parece una auténtica locura. ¿Me podrías contar algo que tenga sentido para mí? —comentó Urbens.

En ese momento, Tirson se puso a llorar.

—Usted es la última esperanza que me queda. Acompáñeme, por favor, se lo ruego Si no, solo me quedará tumbarme junto al árbol donde yace viva mi mujer y dejar que pasen los días.

—De acuerdo —rezongó Urbens—, te ayudaré, pero tienes que contarme todo lo que ha pasado paso a paso.

—En primer lugar, nuca debí haber forcejeado con ese hombre para obtener las llamadas orodinas, solo me ha traído pesar y desazón. Pensé que con ellas lograría hacerme rico y tener una vida mejor, y lo que he conseguido es que mi mujer se convierta en un desdichado árbol. Y digo desdichado porque no creo que ella sea feliz dentro de ese árbol. Esto ha sido un castigo como consecuencia de mi avaricia, nunca me lo podré perdonar.

—Tranquilo, muchacho, todos somos egoístas en algún momento de nuestras vidas, lo importante ahora es enfocarse en recuperar a tu mujer y lograr que las semillas de las orodinas no se sigan esparciendo con el viento, con la llegada de algún ignorante que no sepa las consecuencias de comer su fruto o como consecuencia del hambre de algún pájaro.

»Necesito que me des unas cuantas orodinas. Me encargaré de diseccionarlas y analizar de qué sustancia están compuestas.

—Debo tener unas cuantas en la cocina de mi casa. Todo está patas arriba tras la desgracia que le aconteció a mi mujer. El árbol crece lentamente en la esquina de la cocina donde solía ponerse a cortar las verduras. Las tejas siguen cubriendo el suelo, puesto que no he tenido valor para recogerlas, prácticamente no he querido entrar allí. Ahora que lo pienso, no he vuelto a comer apropiadamente desde que ella vive como árbol: me alimento de rábanos y zanahorias crudas plantadas en el huerto, pero no soy capaz de cocinar nada, quizás por miedo a aceptar la situación o temor a que toque algo que destruya el árbol.

»Todo lo que tengo es ese árbol y quizás, quizás, mi mujer no vive en ese árbol, quizás solo sea mi percepción. Ella desapareció el día que ese árbol decidió crecer en la esquina donde ella cocinaba, repito A lo mejor son solo imaginaciones mías, por favor, Urbens, necesito tu ayuda. Dime qué debo hacer, qué debo creer. Tú eres sabio, desde pequeño siempre acudí a ti en busca de respuestas y supiste dármelas. Dime ahora qué debo hacer.

—Lo siento, querido amigo, pero ahora nos toca trabajar duro para tener respuestas.

Enfrentar la realidad

Esa misma tarde, Tirson enfrentó sus miedos y entró en la cocina para buscar las orodinas que se encontraban en una cesta de mimbre debajo del fregadero. Sin quererlo, pisó una rama y nuevamente el polvo casi transparente lo rodeó. Algo quería decirle, en un instante sintió la necesidad de llevarse las orodinas y volver a repartirlas por todo el mundo. Se había creado un conflicto en su mente: por un lado, quería liberar a su mujer y volver a su vida de antes, pero, por otro, ese polvo lo llamaba a distribuir la orodina por todos los condados de la zona.

Apretó su talismán en busca de una respuesta y supo que lo que debía hacer era liberar a su mujer y luchar contra esa epidemia de orodina. Agarró el asa de la cesta y la llevó rápidamente a casa de Urbens para obtener una solución.

Le pasó por la mente cuántos paseantes habrían quedado atrapados en árboles probando ese fruto maldito.

—Lo primero es lo primero —dijo Urbens—. Rescatemos a tu mujer y a ese extranjero, y luego veremos cómo podemos desenredar este entuerto.

Tirson y Urbens se dirigieron a la apoteca de este último, un lugar bien organizado y limpio. Al entrar, olía a calambia, una hierba especial de la zona que esparcía su aroma por todo el habitáculo. La apoteca estaba provista de todo tipo de brebajes y ungüentos para cualquier mal y dolencia. Las especias y plantas estaban divididas en altamente alucinógenas e inocuas, polvos curativos para el alma, ungüentos para las dolencias de la piel y los músculos, y botellas con bebidas y brebajes de ciento una regiones.

Lo primero fue coger la orodina y quitarle la piel. Después, con unas pinzas, la puso en una pesa. Una vez pesada, le puso un poco de alcohol convencional para ver la reacción. Durante veintiséis días estuvo probando las reacciones que la piel, así como el interior, tenía con diferentes sustancias como agua, leche, vinagre, aceite, jugo de diferentes frutas y agua con sales minerales, entre otros.

Por otra parte, cogió las semillas, las pesó y las puso a secar durante catorce días en un pañuelo de algodón con agua. Una vez secas, las cortó con un cúter y vio que una semilla todavía más pequeña crecía en su interior, así que volvió a cortarla y una semilla más pequeña volvió a aparecer. Sorprendido, volvió a cortarla y otra más pequeña volvió a aparecer. Así durante casi dos horas, y cuando parecía que iba a llegar al inicio de la vida consiguió el principio de los principios: la semilla original.

—¡Lo logré! —gritó Urbens entusiasmado. Pero justo en ese instante, miró la semilla y esta se evaneció convirtiéndose en un polvo volátil. Tristemente, se tumbó de un salto en la mecedora y encendió la pipa con unos gramos de calambia. Había fracasado casi un mes de trabajo entre una cosa y la otra para nada. Los estudios que había hecho no le habían servido para nada más que para perder el tiempo. Había dejado de atender a muchos de sus pacientes para centrarse en el estudio de la orodina, y parecía que sus estudios no habían mostrado más resultados que el no resultado.

No daba la sensación de que la semilla fuera muy diferente a la semilla de una calabaza, excepto que tras la última disección un extraño polvo había surgido de la esta, esparciéndose por todo el habitáculo. Así que, desesperado, decidió hacer lo que nunca se debía hacer: probar él mismo el fruto y ver los efectos que tenía. En un segundo, sus brazos se volvieron largos y finos como una cuerda; las piernas, fuertes y resistentes, comenzaron a enterrarse en el suelo de su apoteca; su calva no dio hojas. Allí quedó un árbol seco, robusto, pero solo con una hoja de la que colgaba una semilla.

Tirson llegó en la tarde. Como casi cada tarde, pasaba a visitarle para intercambiar opiniones sobre sus progresos.

—Urbens —lo llamó—, ¿dónde estás?

Entró en la apoteca y, de repente, pensó que estaba en la cocina donde se encontraba su mujer. Pero no, esta vez había sido Urbens la víctima. Tirson se sentía culpable, él había traído la desgracia a su pueblo; la gente se estaba transformando en árboles y cada día había más árboles de orodina en la zona. Él no sabía cómo se habían dispersado las semillas, ¿a través de los pájaros? ¿Por el mismo aire? Las semillas volaban, los frutos eran transportados de un lugar a otro por pobres desconocedores de los efectos como Tirson. Y así volvió donde Golby se encontraba y junto a él dobló las rodillas y lloró.

En ese momento, decidió que la única alternativa que tenía era probar el fruto y volverse un árbol como sus seres queridos, aunque eso supusiera no volverse a mover en toda su vida. Tirson cogió la orodina con la mano derecha, abrió la boca y le dio un bocado. Su cuerpo comenzó a transformarse lentamente y, al mismo tiempo, su mente logró una expansión total. Intentó mover sus pies y sus manos, quería saltar, zafarse de las ramas, escapar de aquel árbol que lo poseía, pero, al pensarlo un instante, se dio cuenta de que, si ese árbol lo poseía, él también poseía al árbol. Quizás juntos serían capaces de colaborar y de este modo encontraría las respuestas que buscaba.

Cuando dejó de centrarse en lo mal que estaba y en la desgracia de no poder caminar ni mover su cuerpo, se dio cuenta de algo que, al contrario de lo que pensaba, le pareció increíble: estaba conectado con un todo, con el espacio, con todos los árboles que existían en el mundo. Su existencia se había vuelto universal, su cuerpo trascendía todas las fronteras y sus pensamientos estaban interconectados mediante una red de ondas de alta frecuencia con todos los árboles, bosques y junglas. En este punto, incluso podía sentir la vibración de Pretty, Urbens y Golby, pero no podía moverse, solo sus pensamientos se movían logrando estar comunicado con la tierra, las aguas subterráneas y el cielo.

Extrañamente, sentía el calor del sol, la brisa del aire que lo acariciaba durante el amanecer y cómo la humedad de la tierra empapaba sus ramas. Era una sensación muy extraña: por un lado, sentía calor, pues el sol bañaba sus hojas y ramas; y, por otro, el fresquito de la tierra le proporcionaba bienestar.

La vida dentro del orodino

Tirson sentía una soledad tremenda. No tenía ojos, no tenía orejas, no tenía boca ni piernas. No obstante, un líquido refrescante recorría su cuerpo continuamente.

Como había probado el fruto en una situación de desesperación, no había caído en la cuenta de que sus raíces habían crecido junto a Golby, así que intentó comunicarse con él. Extendió sus ramas para tocarlo, pero estaba demasiado lejos, y pronto le llegó un mensaje a través de estas. Para su sorpresa, era Urbens, el sabio, que le decía que probara a comunicarse a través de ondas, pues su mensaje llegaría a kilómetros y kilómetros de distancia. Sé había creado una red de humanos conectados a los árboles y estos podían ahora transmitir sus sentimientos a los humanos de forma más directa.

Entonces, Golby envió una señal en la que contaba lo que le había ocurrido a su abuela, Drenta, y cómo el árbol de la orodina la había curado.

—Juntemos nuestras raíces bajo la tierra y creemos una conexión infinita donde podamos vivir siempre comunicados hasta que quedemos liberados.

En ese momento, Drenta, que había fallecido hacía años, envió una señal que decía: «Solo cuando respiremos verdad y pureza la lluvia volverá a ser limpia y quedaremos liberados. Hemos estado viviendo siglos y siglos atemorizando a los árboles, destruyéndolos y talándolos sin ningún tipo de miramiento. Ahora es el tiempo de los árboles, ellos han tomado el remplazo y reinarán en nuestro lugar. Debemos aprender a vivir dentro de ellos, a comportarnos como ellos, y solo así, quizás, y digo solo quizás, puesto que no se sabe, un día quedemos liberados y volvamos a la vida como era antes».

El leñador

Mientras tanto, llegó a la zona un leñador en busca de ramas y un buen tronco para hacer un fuego que calentara su casa durante el invierno. Nadie lo vio, pero los árboles pudieron sentirlo. Solo el paso a unos dos metros hacía estremecer a los árboles, que empezaron a expulsar resina del estrés.

El leñador Robbens iba acompañado de su hijo Rubbens, que, encantado de acompañar a su padre, se encargaba de llevar la cesta donde colocarían la leña recopilada ese día. Rubbens era un chico amable y respetuoso con el medio ambiente, le gustaba la naturaleza, pasear por el bosque y buscar setas y castañas cuando era la temporada, por supuesto. Era un experto en supervivencia: había aprendido con su padre a hacer un refugio encima de un árbol; y a pescar peces con ramas de "Pocol", un árbol que desprendía una resina tóxica que, al contacto con el agua del río, hacía que los peces se quedaran aletargados, y, de esta forma, podían pescar decenas de ellos.

En cambio, su padre era un hombre rudo, poco sensible con el medio ambiente. Él creía que todo lo que estaba en su entorno le pertenecía, de forma que se adueñaba o se podía adueñar sin problemas de todo lo que no tenía dueño.

En el instante en el que Robbens se dirigió a cortar el árbol, el viento empezó a soplar, las ramas empezaron a moverse y este, leñador con mucha experiencia y conocimiento en árboles, le dijo a su hijo:

—No te preocupes, son solo árboles. Nosotros somos los que manejamos el mundo, los árboles son solo eso, árboles.

Justo cuando se dispuso a cortar un orodino, el hijo le cogió de la mano y le dijo:

—Espera, padre, algo está pasando.

—¿Cómo? Los árboles son árboles, ¿a qué te refieres con que algo está pasando?

En ese momento, una gota cayó en la frente de Robbens. La gota se deslizó hasta llegar a su boca y no pudo evitar lamer el líquido que caía desde las alturas. En un segundo, su cuerpo se fue transformando hasta quedar completamente atrapado en un árbol. Rubbens, asombrado, no podía creer lo que estaba pasando. Acababa de ver lo nunca visto. Es cierto que en el bosque había que cuidarse de los lobos y osos, que estos podían atacar de un momento a otro y debían estar preparados, pero ¿un árbol? Los árboles son, en todos los aspectos, beneficiosos: dan sombra, atraen la lluvia, suministran alimentos para nutrirse y mantienen el agua en sus hojas, creando lluvia horizontal, que mantiene el lugar húmedo, fresco y frondoso.

Pero, en este caso, todo apuntaba a que algo había en esa gota proveniente del árbol que había hecho que su padre desapareciera y en su lugar ahora estuviera ese robusto y chato árbol. Se agachó a llorar frente al árbol donde se encontraba su padre y, por suerte y, ¡cómo no!, casualidad, encontró el amuleto del bicuadrifoglio.

Rubbens había crecido en el bosque, los árboles eran sus amigos puesto que el colegio le quedaba a varios kilómetros de camino, así que su abuela le enseñaba todo lo que necesitaba saber y por las tardes iba con su padre de cacería. Ellos no eran agricultores como muchos vecinos de la zona, pero sí intercambiaban la leña y conejos por fruta y verduras.

Rubbens se puso el talismán que había encontrado y sintió que algo volvía a indicarle que cogiera las semillas, pero esta vez, en lugar de la orodina, decidió abrir el bicuadrifoglio, colocándolo en una hendidura del árbol. A la semana siguiente, toda la zona donde había tierra y piedras estaba rodeada de tréboles. Al mes, todo el pueblo estaba rodeado de tréboles.

Mientras tanto, Urbens trataba de comunicarse con Robbens para que hablara con su hijo y les ayudara a liberarse del árbol de orodina.

Rubbens, solo y desamparado, buscaba la manera de recuperar a su padre y rezaba a la abuela tierra días y días junto a su árbol.

Red de tréboles

La red de tréboles que había crecido se conectó así con la red de árboles y, por primera vez, hubo una sola comunicación. Los árboles respiraron hondo junto a los tréboles y los humanos respiraron dentro de los árboles y supieron lo que era ser árbol. Una hoja se dejó caer sobre la mano del niño que siempre había vivido en contacto con los árboles y comprendió que estos, para poder sobrevivir a la masiva tala y destrucción, habían creado un sistema que absorbía a los humanos mediante la orodina.

Legendariamente, la orodina había sido una fruta que curaba todos los males, proveniente de más allá de donde los humanos habían estado. Había cambiado su composición y, al ser tomada por un humano, se creaba una reacción química: por las venas comenzaba a correr resina hasta llegar a la piel; convirtiéndolos en árboles.

Rubbens entendió que, para liberar a su padre, solo había una manera: llegar al interior del árbol. Pero, claro, ¿cómo se llega al interior de un árbol sin talarlo? Rubbens tenía miedo de tocarlo, quizás si lo cortaba podía herir a su padre. Así que, después de dilucidar más de una semana, halló la que podría ser la solución: tendría que lograr comunicarse con los árboles de alguna manera para pactar con ellos. Lo intentó de tres formas: aire, agua y tierra.

Creó un ungüento de rosas y cuadrifoglios, y lo vertió sobre el río como ofrenda para los árboles; puso perfume de lavanda, elaborado por él mismo, y lo esparció por el bosque; y colocó cáscaras de frutas bajo la tierra para fortalecer sus raíces.

Pero todo esto pareció no funcionar, así que Rubbens lloró, lloró y lloró. Estaba desesperado. Esta vez la misión era muy difícil y no tenía ni el conocimiento ni las herramientas suficientes para lograr su objetivo.

En ese mismo instante, se le ocurrió una idea: llamar a todos los niños del pueblo para que se abrazaran a los árboles, haciendo la promesa de que siempre cuidarían del bosque, manteniéndolos a salvo. Los niños fueron llegando y, poco a poco, eligieron un árbol que abrazar hasta llegar casi a la veintena.

Rubbens sintió algo en su bolsillo que desprendía cierto calor: era el bicuadrifoglio. Para su sorpresa había vuelto él. Lo frotó con todas sus fuerzas..

Todos los niños sintieron una fuerte vibración mientras abrazaban los árboles. De repente, la nube de polvo que tenían contenida comenzó a esparcirse y los árboles liberaron a los humanos. Estos comprendieron el desastre que habían estado haciendo durante siglos y prometieron que cuidarían del planeta y de su entorno.

Desde ese día, una nueva conexión se creó y el árbol de orodina volvió a sanar como había sanado a Drenta. A partir de ahí, se creó una norma en el condado: por cada árbol que se cortara, se plantarían tres.

Solo cuando los árboles confiaron en los humanos empezaron a caminar. Poco a poco, empezaron a mover las ramas, lentamente fueron sacando las raíces de la tierra y, una vez completamente fuera, abrazaron a los humanos para poder vivir juntos en colaboración.

El último árbol de orodina

Robbens, descontento, comenzó a cortar árboles. La furia que sentía viajaba a través del bosque, por los sentidos de los árboles que los hacía estremecer. Fue entonces cuando cuatro árboles que lo rodeaban empezaron a mover sus ramas hasta quitarle el hacha de la mano y desarmarlo. En ese momento, Robbens se puso a gritar desesperado, apuntando a los árboles:

—¡Ustedes me han quitado a mi hijo, lo único que tenía; a mi mujer, que se marchó a estudiar la naturaleza y los árboles hace doce años; y ahora me queréis quitar la vida! ¡Pues podéis quitármela, ya no me queda nada!

Entonces, Rubbens le dio unas semillas y le dijo:

—Padre, este es el nuevo camino. Los árboles son ahora nuestros amigos, viviremos en armonía y no podremos cortarlos, tendremos que usar otros recursos para calentar nuestra casa. Esa misión la dejo en manos de Urbens.

—Hijo, debes hacer lo que tu padre te dice si quieres ser un buen hijo. Y si tienes suerte, un día llegarás a ser un buen leñador y un buen padre si tienes hijos. Así perdurará la tradición.

—Tú no lo entiendes, padre, ya soy mayor. Tengo diecisiete años, toda la vida he hecho lo que tú me has ordenado. Ahora estoy con los árboles, quiero proteger el suelo que piso, si no, no habrá futuro para mí ni para futuras generaciones.

—De acuerdo, tú puedes hacer lo que quieras con tu vida, pero yo seguiré cortando los árboles, porque esa es mi profesión, y nadie lo puede impedir. Vete y no vuelvas, no quiero verte más por estas tierras.

Urbens llamó a Rubbens:

—Joven, veo que tiene mucho coraje. Golby, Tirson y yo hemos estado hablando y queremos partir a reforestar las tierras. La marea está subiendo a nivel global y cada vez las tormentas son más pronunciadas y las sequías más difíciles de llevar. Si continuamos así, en ochenta y cinco años no habrá más condados en los que vivir.

—Así que pensáis llevaros a mi hijo como un esclavo. ¿Qué va a hacer con ustedes? ¿Plantar árboles?

—Le enseñaré a hacer ungüentos y brebajes. Será mi discípulo y aprenderá todo sobre las plantas y cómo tratarlas.

Tirson estaba contento de poder participar en tal hazaña, mientras que Golby estaba deseando volver con su esposa Pretty. Ahora, no solo iban a repartir la semilla de la orodina, sino que se encargarían de lograr una reforestación total. Más allá de eso, Golby pensó en un plan: lo ideal sería que a los leñadores se les diera otra función y que, en lugar de cortar leña de los árboles, hicieran crecer más árboles y fabricaran un conglomerado de las hojas secas que se pudiera usar para crear ungüentos y otros brebajes.

Tirson, al que le gustaba mucho el dinero y las cuentas, empezó a hacer cálculos sobre cuántos árboles salvarían de ese modo y cuántas orodinas podrían recolectar.

En ese momento, Urbens intervino:

—El invierno está a punto de llegar y necesitamos poder garantizar que todo el poblado tendrá orodina y un medio para calentar las casas. Nuestras casas están construidas de paja y barro, lo cual nos mantiene frescos en verano y calientes durante el invierno, pero cuando las temperaturas descienden demasiado, y bien que lo hacen, no tendremos otra opción que cortar leña para poder sobrevivir a esas bajas temperaturas.

»Este es mi momento, dejadme unos días.

La bocanada de cenizas

Justo cuando los humanos habían sido liberados y parecían haber encontrado un balance adecuado entre árboles y humanos, el invierno comenzó. Además, el volcán de Kaladingue, que se encontraba aproximadamente a doce kilómetros de distancia, había erupcionado y amenazaba con destruir todos los frutos que colgaban de los árboles que con mimo habían cultivado los granjeros.

Las cenizas comenzaban a llegar poco a poco, cubriendo los cultivos y las casas. En la lejanía, se veía cómo salía la lava del cono volcánico y bajaba lentamente, como si fuera uno de los brebajes que Urbens preparaba y dejaba hervir hasta que, en ocasiones, se desparramaba por la vasija. Las cenizas lo destruirían todo; por encima de eso nada crece. Pero si la lava llegaba al pueblo de Nobody, el desastre sería mayor.

En ese momento, Urbens quedó pensativo mirando cómo las cenizas se posaban en los árboles y una idea cruzó por su mente como si hubiera venido directamente desde la ceniza del volcán, entrando en su oreja y siendo la información procesada por su cerebro: los pájaros. Ellos podían volar lejos y quedar intactos en caso de que la colada llegara a Nobody.

—Los pájaros pueden llevar las semillas de la orodina de un lado a otro… Pero los humanos no son pájaros ¡Rápido, tenemos que evacuar todo el poblado!

»Nos volveremos a convertir en árboles y los pájaros trasladarán nuestras almas de un lado a otro.

—Pero ¿a dónde iremos Urbens? —exclamó Golby.

Tirson repuso:

—Tenemos que hacer que los pájaros sigan nuestras indicaciones y nos lleven a donde nosotros queramos.

—¿Y a dónde iremos? —dijo Rubbens algo confuso—. El invierno se acerca.

—Tengo que estudiar bien las corrientes de aire y ver dónde podemos crear nuestro nuevo condado. Allí donde los pájaros emigren iremos. Ellos tienen la sabiduría del aire y ahora nosotros tenemos la sabiduría de la tierra dada por los árboles.

»Con este nuevo paso, volveremos a crear un balance perfecto entre el cielo, la tierra, los árboles, los pájaros y los humanos.

El viaje de los pájaros

Urbens, Tirson, Rubbens y Golby tomaron la decisión de seguir las corrientes de aire. Para ello, llamaron a Folry, un viejo pescador que conocía bien las corrientes de las zonas y estudiaba las lunas y mareas. Posiblemente, tendrían que hacer este viaje de una tierra a otra pasando por el mar de Nobody, siguiendo la corriente de aire fría que se forma en el sureste, hasta el suroeste, creando una corriente cálida durante su recorrido y volviendo a enfriarse nuevamente.

—Según mis mapas y la experiencia de Folry, las cenizas llegarán hasta los alrededores de Wellbody, pero no la cubrirán como pasa con Nobody. Aun así, será necesario hacer el viaje como pájaros, puesto que ninguno de los pescadores de la zona, según nos cuenta Folry, ha conseguido cruzar el océano que los separa por las fuertes corrientes.

Este fue el consejo de Folry. No sabía si era un buen consejo o solo era una excusa para que él y unos pocos tuvieran la posibilidad de navegar y obtener pescado.

Folry era un viejo huraño, con mal carácter y poca predisposición a ayudar. No tenía familia, así que pasaba las mañanas, las tardes y las noches pescando y mirando el mar. Le gustaba la poesía y siempre escribía poemas al mar, a los vientos que lo transportaban en su pequeño barco de vela de un lado a otro de la bahía y que lo llevaban siempre donde se encontraban los mejores bancos de peces.

Era una auténtica fortuna, ningún otro pescador conocía tanto las mareas y corrientes como él, pues, hallándose en una costa peligrosa, donde muchos jóvenes se aventuraban a nadar, había ya salvado a cientos de intrépidos muchachos que, con sus lanzas, buscaban cazar algún pesado.

Folry solía levantarse temprano, desayunar pescado a la brasa, que había logrado el día anterior con algo de pan o puré de papas, y luego partía hasta bien entrada la noche. Al atardecer, le gustaba quedarse en su barco de vela, cerca de la costa, mirando las estrellas.

Sus manos eran secas como la tierra que pisaba, tan agrietadas y robustas de tirar de las cuerdas del velero que se podrían confundir con las ramas de un árbol.

Folry decidió ayudar a los extraños, sin saber muy bien por qué. Aunque fuera muy huraño, le gustaba mostrar sus conocimientos y habilidades, hacerse valer. Así que les dijo:

—Venid y acompañadme en mi barco durante un par de días. Os mostraré lo más importante que debéis saber si queréis adentraros en el mar.

Y así fue. Durante varios días, Golby, Tirson, Urbens y Rubbens, acompañaron a Folry en el barco, y este les enseñó a mover las cuerdas para cambiar el sentido de la vela y a cómo aprovechar la fuerza del viento para lograr sortear las olas.

El viaje

Ya estaba todo listo. Urbens y Golby serían los primeros en convertirse nuevamente en árboles probando la orodina y, una vez convertidos, viajarían en forma de semilla dentro del pájaro, hasta llegar a Wellbody. Antes de partir, se habían encargado de capturar cincuenta y siete pinzones oronados, unos pájaros que comían las semillas de la orodina, para que descargaran sus heces en el lago de Wellbody. Cincuenta y siete era el número de personas que vivían en Nobody.

Las semillas de orodina tenían un color dorado y una forma redondeada que atraían a los pinzones de la zona.

Fue una experiencia totalmente extraordinaria: poder sentir cómo, al estar convertido en semilla, era ingerido por un pájaro que volaba, volando también su alma. Así, tras ver la transformación de Urbens, y cómo este pasaba a ser parte de un pájaro que volaba a otras tierras donde estaba fuera de peligro del volcán, todos quisieron probar los oronados, convirtiéndose en semillas que luego pasarían a ser árboles y después a humanos al llegar al pueblo de Wellbody.

Solo Robbens, el leñador, no quiso marcharse.

—¿Por qué debo dejar mi tierra, donde nací, donde crecí y donde siempre he estado, y creer los consejos de un par de chalados extranjeros que han puesto en mi contra a mi propio hijo y que ahora quieren que deje una profesión de las de toda la vida como es la de leñador?

—Pero, señor Robbens —repuso Ribia, amiga de Rubbens—, la lava del volcán se acerca poco a poco. Las cenizas comienzan a cubrir todo el lugar y con este humo cada vez cuesta más respirar.

Robbens seguía sin querer marcharse. Así que, Ribia, preocupada, pensando en que no podría partir dejándole atrás, ya que la lava del volcán, así como las cenizas y el humo terminarían por acabar con su vida si no salían pronto del lugar. Preparó la cena para ella y para el padre de Rubbens y, sin que este se diera cuenta, introdujo semillas de orodina en su pan. Así fue como Robbens viajó sin quererlo al pueblo de Wellbody junto al resto del grupo y los demás habitantes de Nobody.

Wellbody

En Wellbody encontraron un bello poblado con pequeñas casas hechas de adobe y paja. Al llegar al pueblo, Curcum, un hombre de baja estatura, pelo medio grisáceo y ojos azules, salió de su casa y les dijo:

—¿Cómo habéis llegado hasta aquí, extranjeros? No los he visto ni llegar. Estaba tranquilamente examinando una de mis plantas y cuando me he dado la vuelta he visto a una multitud que rodeaba la aldea de Wellbody.

»Wellbody es una tierra tranquila, donde crecen los árboles frutales, las plantas exóticas y el clima es agradable todo el año.

—Buscamos un lugar para crear nuestro asentamiento —dijo Urbens—. Venimos de muy lejos, nuestras casas, tierras y animales han sido devorados por la lava y no hemos tenido otra opción que desplazarnos hasta aquí. Pero esa es una larga historia.

—¿Podría ofrecernos cama y comida? Estamos hambrientos —sugirió Golby.

—A ver a ver ¿cuántos sois? —poniéndose de puntillas fue contándolos uno a uno y, al final, repuso— A las afueras de Wellbody hay una explanada, llevaos algo de paja y algunos palos, y con eso podréis crear pequeñas casetas de madera.

—Pero nos llevará días —repuso Ribia.

—El invierno todavía no ha llegado, la temperatura es agradable incluso durante la noche. Por ahora es todo lo que os puedo ofrecer —espetó Curcum—. Pero os advierto, a mucha gente no le gusta esta aldea, puesto que en invierno se alcanzan bajas temperaturas y tenemos que ir a cortar muchos árboles y obtener leña para poder entrar en calor.

No, no podía ser posible, después de haber logrado concienciar a toda la población de Nobody, ahora parecía que debían empezar nuevamente desde cero.

—Eso va a ser un problema: nosotros no podemos cortar árboles. Es una larga historia —le dijo Urbens—, pero encontraremos una solución.

—Habéis aparecido aquí de la nada y pretendéis imponer vuestras normas, ¡eso sí que no! Aquí, en Wellbody, somos inteligentes, y bien inteligentes que somos, y cuando alguien intenta aprovecharse de nosotros lo olemos, ¡vaya que si lo olemos!, a más de mil millas de distancia —gritó señalando su nariz puntiaguda.

—Escucha —dijo Urbens—, no te creas que hemos aparecido aquí con las manos vacías. Hemos traído con nosotros mucho más de lo que piensas e imaginas. Algo que no se puede oler, oír ni ver. Abre bien los oídos: hemos traído el conocimiento de los árboles.

—Qué bromista. He dedicado toda mi vida al conocimiento de las plantas, a diseccionarlas, olerlas, probarlas, hacer ungüentos, brebajes y demás. Cuando alguien en el pueblo tiene algún mal, corren hacia mis aposentos.

—Entonces debes ser mi homólogo, pues yo también soy lo que en mi pueblo llaman un curandero. Creo, querido Curcum, que tenemos más de lo que hablar de lo que usted pensaba.

Aquella noche, Urbens le explicó a Curcum todo lo sucedido y cómo habían conseguido reconciliarse con la naturaleza y llegar hasta Wellbody volando.

La carborontina

Curcum lo llevó a su botica y le mostró su enorme colección de yerbas, ungüentos y brebajes. Urbens, asombrado, pasó toda la mañana mirándolos uno a uno, ya que las yerbas y brebajes eran completamente diferentes a los que podías encontrar en Nobody.

—Quiero trabajar en una nueva máquina —repuso Urbens—: un aparato con el que puedas elaborar algún tipo de ungüento o brebaje para hacer fuego. Así, no necesitaremos cortar árboles nunca más.

—Amigo, eso suena a una tarea difícil, y a mí, si algo me gusta en la vida son las tareas difíciles. Dime qué necesitas y lo que esté en mi mano lo conseguiré.

—Necesito dos cuencos de cristal y unos tubos para conectarlos. Haremos hervir la hoja de orodina, de forma que su vapor o esencia vaya del recipiente número uno al recipiente número dos, logrando así lo que llamaremos el aceite esencial de orodina.

—¿Y qué diablos piensas hacer con ese aceite?

—Según los conocimientos que adquirí cuando estuve dentro del árbol de la orodina, estos árboles generan una gran cantidad de energía, de forma que, si condensamos esa energía en aceite, como bien te vengo diciendo, conseguiremos una sustancia altamente energética y muy poco contaminante.

—Está bien, amigo Urbens, no hay más que hablar, lo ayudaré a crear esa máquina. Nos encerraremos en mi botica y no descansaremos hasta obtener ese aceite que usted dice.

Un mes estuvieron elaborando la máquina. Para ello, obtuvieron grandes cantidades de arena, mezclada con óxidos metálicos pulverizados con lo que obtuvieron dos recipientes de cristal. Estos recipientes los unieron con unos tubos de alambre, unidos entre sí por unos pistones que terminaban en una especie de alambique que soltaba un pitido chirriante que daba bocinazos. Después de todo este tiempo, llegó el momento de probarlo y ver su efectividad.

La máquina, a la que llamaron «Vidrusco», ya estaba lista para ponerse en funcionamiento.

Fueron a buscar una cuantiosa cantidad de hojas de orodina, las dejaron secar durante quince días y luego las introdujeron en el primer recipiente de cristal. La primera vez, obviamente, tuvieron que utilizar ramas para poder hacer la transformación de las hojas en aceite de orodina. Fue fabuloso, parecía que con este nuevo preparado la máquina incluso hacía un ruido diferente, como el silbido de una de las teteras de vapor, pero más estruendoso.

—Sí, lo hemos logrado, querido amigo —repuso Urbens—. Ahora solo queda verificar qué efectividad tiene este aceite y cuán inflamable es.

Para ello, colocaron el aceite, al que llamaron carborontina, junto con unas pocas hojas de orodina. Todo bajo la chimenea de la botica de Curcum. Aquello ardió, ¡vaya que si ardió!, ardió durante horas y días.

A partir de ese momento, cuando alguien necesitaba hacer fuego, usaba la carborontina.

—Queridos amigos, como una vez dijisteis, nos habéis traído el conocimiento y la sabiduría. En agradecimiento, podéis quedaros en nuestro pueblo a vivir para siempre. Esperamos que vosotros y vuestras familias puedan echar raíces, como lo hacen las semillas que habéis traído.

El regreso de Golby

El viaje había terminado. Tanto Robbens como Rubbens y Ribia deseaban quedarse allí. Robbens había, finalmente, dejado su profesión de leñador y ahora se dedicaba a recolectar hojas de orodina y ayudaba a Urbens y a Curcum con las tareas de elaboración de la carborontina.

Tirson y Tippy también estaban contentos en el lugar. Además, durante este periodo, Tippy se había quedado embarazada y estaba esperando un pequeño. Así que era tiempo para ellos de estabilizarse y crear una familia.

Folry estaba un tanto inquieto, pues en el condado de Wellbody no había mar, algo que para él era imprescindible. Pero sí había un río: el río de Rottinas, llamado así porque se podía extraer un mineral muy preciado, la rottina. También, a unos diez kilómetros de distancia, se encontraba el lago de Wellbody, donde los pescadores solían pescar peces de agua dulce; las mujeres iban a buscar agua y lavaban sus enseres; y los niños jugaban por las tardes a juegos típicos del lugar.

Para Golby era tiempo de volver a casa. Había estado fuera un año y ciento cuarenta y nueve días, y su mujer, Pretty, lo esperaba. Se llevó consigo el bicuadrifoglio que Tirson le había regalado y que les seguía protegiendo y conectando con la naturaleza. Después de toda la aventura, había dejado la orodina atrás, también a sus amigos, y había llenado su mente con nuevos conocimientos. Al fin y al cabo, él siempre había sido un hombre de campo al que le gustaba plantar árboles y vivir de lo que la tierra le daba.

En Wellbody le ofrecieron un caballo que le acompañó durante todo el viaje hasta llegar a casa y poder abrazar a su mujer.

Golby no paró hasta llegar a su casa, se mantuvo día y noche a caballo. Comía y bebía lo imprescindible, y lo hacía de una manera rápida, casi engullendo la comida. No se había dado cuenta de lo que había extrañado a su querida Pretty hasta que se vio solo e iba de vuelta a su encuentro.

Golby llegó una mañana de otoño. El viento le daba fuerte en la cara y las hojas caían cubriendo el camino trazado y haciéndolo casi imperceptible.

Pretty se encontraba tejiendo uno de sus telares como de costumbre cuando Golby entró sin tocar en la casa al encontrar la puerta entreabierta. Se acercó lentamente hacia ella y, aprovechando que esta cantaba mientas tejía y que su atención estaba algo dispersa, se coló en su habitación, la rodeó con sus brazos y le dijo:

—Querida, mis ojos han visto más de lo que te puedo llegar a contar, pero nunca, en ningún lugar, llegaron a ver rostro tan bello como el tuyo, manos tan tersas y corazón tan puro. Cada día después de mi partida deseé estar de vuelta junto a tu regazo y hoy ese deseo se ha cumplido.

Esa noche durmieron los dos abrigados bajo el telar mientras los árboles susurraban sus nombres y la brisa de la montaña refrescaba sus mejillas.

Índice

Sobre la autora

Rut Quintana Santana, natural de Las Palmas de Gran Canaria, es diplomada en Turismo y máster en Protocolo, Comunicación y Relaciones Internacionales. Ha desarrollado su actividad profesional principalmente en el sector turístico, compaginándola con su labor artística, que abarca desde la escritura y la pintura hasta la música.

Amante de las letras, desde muy joven sintió la necesidad de aprender otros idiomas y de enriquecerse mediante el lenguaje y la comunicación, acercándose para ello a otras culturas, interesada siempre por su manera de pensar, comportamiento y hábitos.

Con la esperanza de poder sumergirse en la cultura de los países donde residió, comenzó a leer libros en inglés, francés y holandés durante su estancia en Irlanda, Francia y Países Bajos.

Eso le abrió las puertas a la expresión por medio de la escritura y la comprensión de los eventos cotidianos.

Tras su primer libro, *Chandra*, basado en la historia de una niña nepalí e inspirado en un viaje a la India, publica *De pájaros a semillas,* una invitación a todos los lectores amantes del realismo mágico.